KB017831

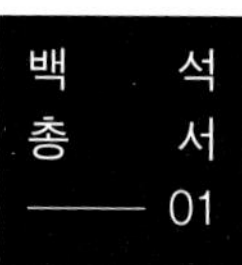

시집

집게네 네 형제 사슴

김재용 엮음

백석 총서 01

집게네 네 형제 / 사슴

초판 1쇄 인쇄 2019년 11월 22일
초판 1쇄 발행 2019년 12월 6일

지 은 이 백석
엮 은 이 김재용
펴 낸 이 최종숙
펴 낸 곳 글누림출판사

책임편집 이태곤
편 집 권분옥 문선희 백초혜
디 자 인 안혜진 최선주 김주화
마 케 팅 박태훈 안현진
주 소 서울시 서초구 동광로46길 6-6 문창빌딩 2층(우06589)
전 화 02-3409-2055(편집부), 2058(영업부)
팩 스 02-3409-2059
등 록 제303-2005-000038호(2005. 10. 5)
전자메일 nurim3888@hanmail.net
홈페이지 www.geulnurim.co.kr
블 로 그 blog.naver.com/geulnurim
북트레블러 post.naver.com/geulnurim

정가 16,000원
ISBN 978-89-6327-570-3 03810
978-89-6327-569-7(세트)

* 잘못된 책은 바꿔드립니다.
* 이 도서의 국립중앙도서관 출판예정도서목록(CIP)은 서지정보유통지원시스템 홈페이지(http://seoji.nl.go.kr)와 국가자료종합목록 구축시스템(http://kolis-net.nl.go.kr)에서 이용하실 수 있습니다.(CIP제어번호 : CIP2019047165)

21세기의 백석

-<백석 총서>를 내면서

오랫동안 잊혀졌던 백석 시인이, 1980년대 재월북 작가 해금을 전후하여, 우리 곁에 다가오면서 한국 근대시는 큰 지각변동을 겪었다. 한국 근대시의 한 축을 연 백석의 시에 대한 올바른 자리매김 없이는 한국 근대시의 해석이 불가능하게 되었을 뿐만 아니라 기존의 시사도 재조정될 수밖에 없었다. 그럼에도 불구하고 백석의 시에 대한 평가는 미완결이다. 해방 이후 북에서의 시작 활동에 대해 의견이 분분하기 때문이다. 억압적인 조건 속에서도 자신의 지향을 놓지 않으려고 하였던 뜻과 태도를 높이 사는 쪽이 있는가 하면, 이 무렵의 시는 백석의 시로 볼 수 없다는 극단적인 견해도 제시될 정도이다.

이동순 교수의 『백석시전집』과 필자의 『백석전집』은 이러한 흐름을 만드는 과정에서 적지 않은 역할을 하였다. 이동순 교수는 잊혀졌던 백석을 불러오는 일을 하였고, 필자는 북의 활동까지 복원함으로써 명실상부한 전집을 마련하였다. 하지만 이것만으로는 백석의 문학세계를 다 포괄할 수 없고 여전히 큰 공백이 존재한다. 바로 해방 후부터 1955년까지의 시기에 행한 번역 작업이다. 백석의 번역 활동은 조선어가 위기에 처한 일제 말부터 시작되었는데 만주국으로 건너간 이후에도 언어 영역을 넓혀 가면서 지속되었다. 일본어는 물론이고 영어 러시아를 유창하게 할 정도로 보기 드물게 외국어에 능통하였던 백석이 시를 자유롭게 쓸 수 없는 곤경에 처하게 될 때 이를 우회적으로 돌파하는 방식이 번역이었다. 시를 쓰는 일과 번역을 하는 작업은 문인 백석에게서는 내부적으로 뗄 수 없는 동전의 양면과 같은 것이었다. 그런데 이러한 번역가로서의 백석의 면모는 거의 드러나 있지 않다. 정선태 교수를 비롯한 여러 분들이 번역을 소개한 바 있지만 전체의 일부분이다.

백석의 번역은 크게 두 가지의 성격을 갖고 있다. 하나는 탈식민화이다. 일제 강점기 대부분의 조선 사람들은 일본어 번역을 통해 세계문학을 접하였다. 신조사 발행의 '세계문학전집'은 조선인들이 세계문학을 접하는 대표적인 통로였다. 해방 후 일본어에서 조선어로 국어가 바뀌면서 조선어로 이러한 세계문학을 읽어야 할 필요성이 급증하였을 때 이 방면에 탁월한 능력을 가지고 있던 백석이 번역을 주도하였다. 때로는 홀로, 때로는 집단을 구성하여 이 엄청난 문화적 사명을 다하였다.

또 하나는 탈구미화였다. 이 시기 백석의 번역은 문학작품을 러시아어에서 조선어로 옮기는 작업이었는데, 소비에트 러시아문학만이 아니라 러시아 고전문학을 번역함으로써 북한 내부의 협량함을 극복하려고 하였다. 흥미로운 점은 세계문학 번역의 대상이 결코 러시아에 국한되지 않고 비서구 세계에까지 열려 있었다는 점이다. 터키를 비롯하여 많은 약소국가들의 작품들을 중역을 통해서라도 번역하려고 하였다. 당시 백석이 이 소외된 비서구 식민지 지역의 문학을 소개하려고 얼마나 노력했는가를 짐작할 수 있는 대목이다. 세계문학을 구미의 영역에 국한시키지 않고 이렇게 지구적 차원으로 확장한 것은 21세기 세계문학이 나아가는 바를 선취한 것이었다.

전집이 아닌 총서를 내는 이유는 시인으로서의 백석과 번역가로서의 백석의 면모를 모두 포괄하여 온전한 그의 면모를 드러내기 위함이다. 오늘날의 언어로 활자화하거나 혹은 당시 그대로 보여주는 등 다양한 형식을 통해 백석의 시와 번역을 현재화함으로써 백석을 사랑하는 모든 독자들이 더욱 가까이 할 수 있도록 하였다.

백석 총서를 내면서

김재용

일러두기

1. <백석 총서> 1권은 당시 출판된 초판본 그대로 영인하여 수록하였다.
2. 일제 강점기에 단행본으로 출간된 시집『사슴』(1936)과 북한에서 발간된『집게네 네 형제』(1957)는 원래의 체제를 살려『사슴』은 우철右綴 방식,『집게네 네 형제』는 좌철左綴 방식으로 이 책에 수록하였다.
3. 표지에 사용된 백석의 초상화는『집게네 네 형제』에 수록된 것이며, 화가 정현웅(鄭玄雄, 1911~1976)이 스케치한 그림이다.

동화시집

집게네 네형제

백 석

조선작가동맹출판사
1957

저자의 초상

동화 시집

집게네 네형제

백 석

조선 작가 동맹 出판사
1957

차　　례

편　　집…황　룡　지

장정 및 삽화…정　현　웅

집게네 네 형제

어느 바다'가
물웅뎅이에
깊지도 얕지도 않은
물웅뎅이에
집게 네 형제가
살고 있었네.

막내동생 하나를
내여 놓은
집게네 세 형제
그 누구나
집게로 태여난 것
부끄러웠네.

남들 같이
굳은 껍질 쓰고
남들 같이
고운 껍질 쓰고
뽐내며 사는 것이
부러웠네.

그래서
맏형은
굳고 굳은
강달소라 껍질 쓰고
강달소라 꼴을 하고
강달소라 짓을 했네.

그래서
둘째 동생은
곱고 고운
배꼽조개 껍질 쓰고
배꼽조개 꼴을 하고
배꼽조개 짓을 했네.

그래서
세째 동생은
곱고도 굳은
우렁이 껍질 쓰고
우렁이 꼴을 하고
우렁이 짓을 했네.

그때나
막내동생은
아무것도 아니 쓰고
아무 꿀도 아니 하고
아무 짓도 아니 하고
집게로 태어난 것
부끄러워 아니 했네.

그런데
어느 하루
밀물이 많이 밀어
물웅덩이 깊물에
잠겨 버렸네.

이 때에 그만이야
갈달소라 먹고 사는
이'발 센 오뎅이가
밀물 따라
떠들어 와
갈달소라 보더니만
우두둑 우두둑
　깨물었네.

강달소라 껍질 쓰고
강달소라 꼴을 하고
강달소라 짓을 하던
맏형 집게는
이렇게 죽고 말았네.

그런데
어느 하루
난데 없는 낚시질'군
주춤주춤 오더니
물웅덩이 기웃했네.

이 때에 그만이야
망둥이 미끼 하는
배꼽조개 보더니만
낚시질'군
얼른 주어
돌에 놓고 돌로 쳐서
오지끈오지끈 부서쳤네.

배꼽조개 껍질 쓰고
배꼽조개 꼴을 하고
배꼽조개 짓을 하던
둘째 동생 집게는
이렇게 죽고 말았네.

그런데

어느 하루
부리 굳은 황새가
진창 묻은 발 씻으려
물웅덩이 찾아 왔네.

이 때에 그만이야
황새가 좋아하는
우렁이 하나
기여 가자
황새는 굳은 부리
우렁이 등에 쿡 박고
오싹바싹 쪼박냈네.

우렁이 껍질 쓰고
우렁이 꼴을 하고
우렁이 짓을 하던
세째 동생 집게는
이렇게 죽고 말았네.

그러나
막내동생
아무것도 아니 쓰고
아무 꼴도 아니 하고
아무 짓도 아니 해서
오뎅이가 떠와도
겁 안 나고
낚시질'군 기웃해도

겁 안 나고
황새가 찾아 와도
겁 안 났네.

집게로 태어난 것
부끄러워 아니 하는
막내동생 집게는
평안하게 잘 살았네.

쫓기달래

오월이는 작은 종
그 엄마는 큰 종
사나운 주인이
마소처럼 부리는
오월이는 작은 종
그 엄마는 큰 종.

하루는 그 엄마
먼 곳으로 일을 가
해가 져도 안 왔네
밤이 돼도 안 왔네.

오월이는 추워서
엄마 찾아 울었네,
오월이는 배고파
엄마 찾아 울었네.

배고프고 추워서

울던 오월이
주인집 부엌으로
몸 녹이러 갔네.

부엌에는 부뚜막에
쉬찰밥 한 양푼
주인네 먹다 남은
쉬찰밥 한 양푼.

오월이는 어린아이
한종일 굶은 아이,
쉬찰밥 한 덩이
입으로 가져 갔네.

이 때에 주인 마님
새'문 벌컥 열었네,
밥 한 덩이 입에 문
오월이를 보았네.

한 덩이 찰밥을
입에 문 채로
오월이는 매 맞았네
매 맞고 쫓겨 났네.

춥디추운 밖으로
쫓겨 난 오월이
캄캄한 어둔 밤에

엄마 찾아 울었네.

행길로 우물'가로
엄마 찾아 울다가
앞터밭 밭고랑에
얼어 붙고 말았네.

주인집 쉬밥 덩이
먹지도 못하고
어린 종 오월이는
얼어 죽고 말았네,
엄마도 못 보고
얼어 죽고 말았네.

그 이듬해 이른 봄
얼었던 땅 풀리자
오월이가 얼어 죽은
앞터밭 고랑에
남 먼저 머리 들고
달래 한 알 나왔네.

이 달래 어떤 달래
곱디고운 붉은 달래,
다른 달래 다 흰데
이 달래 붉은 달래,
쉬찰밥이 붉듯이
이 달래 붉은 달래.

쉬찰밥 한 덩이로
얼어 죽은 오월이,
원통하고 슬퍼서
달래되여 나왔네,
쉬찰밥이 아니 잊혀
쉬찰밥빛 그대로,
엄마가 보고 싶어
이른 봄에 나왔네.

사나운 주인에게
쫓겨나 죽은
불쌍한 오월이가
죽어서 된 이 달래,
세상 사람 이름 지어
쫓기달래.

이 달래 가엾어서
이 달래 애처로워
세상에선 이 달래를
차마 못 먹네.

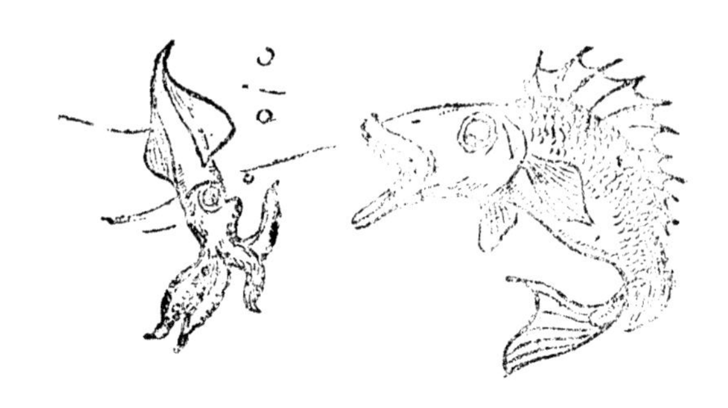

오징어와 검복

오징어는
오래'동안
때가 없이 살았네.

오징어는
때가 없어
힘 못 쓰고,
힘 못 써서
일 못 하고,
일 못 하여
헐벗고 굶주리였네.

헐벗고 굶수면
오징어는 생각했네—

《남들에게 다 있는 뼈
내게는 왜 없을가?》

오징어는 아무리
생각해 봐도
저로서는 그 까닭
알 수가 없어
이곳 저곳 찾아 가
물어 보았네.

오징어는 맨 처음
농어 보고 물었네
《내게는 왜
뼈가 없나?
어쩌하면
뼈를 얻나?》

농어가 그 말에 대답했네—
《너는 세상 날 때부터
뼈가 없단다,
뼈 없이 그대로
살아 가야지.》

오징어는
농어의 말
믿기 싫고 분하여,
그래서 이번에는

도미 보고 물었네
《내게는 왜
뼈가 없나?
어찌하면
뼈를 얻나?》

도미가 그 말에 대답했네ㅡ
《너는 네가 못난 탓에
제 뼈까지 잃은거지.
못난 것은 뼈 없이
살아 가야지.》

오징어는
도미의 말
믿기잖고 분하여
그래서 이번에는
장대 보고 물었네
《나는 왜
뼈가 없나?
어찌하면
뼈를 얻나?》

장대는 이 말에 대답했네ㅡ
《네게두 남과 같이
뼈가 있었지.
그러던걸 욕심쟁이
검복이란 놈

감쪽같이 너를 속여
빼앗아 갔지.
검복을 찾아 가서
뼈를 도로 내라 해라.»

장대가 하는 말을
옳게 여긴 오징어
검복에게 달려 가서
빼앗은 뼈 내라 했네.

그러나 검복은
소문 난 욕심쟁이,
남의 뼈를 빼앗아다
제 뼈를 만드는 놈.

오징어가 하는 말을
검복은 듣지 않고
그 굳은 이'발 벌려
오징어를 물려 했네.

오징어는 겁이 나서
뺏긴 뼈를 못 찾은 채
도망쳐 달아 가다
장대와 마주쳤네.

오징어가 하는 말을
다 듣고 난 장대

오징어께 이런 말
일러 주었네—
«제 것을 빼앗기고
도로 찾지 못하는건
그것은 겁쟁이
그것은 못난이.

점복이 힘 세다고
싸우지 않고
겁이 나 쫓긴다면
빼앗긴 뼌 못 찾지.»

장대의 말을 듣고
오징어 마음먹었네—
목숨 걸고 점복과
싸워내기로.

오징어는 그 이튿날
점복을 또 찾아 가
빼앗아 간 제 뼈를
도로 내라 하였네.

그러나 검복은
소문 난 욕심쟁이,
오징어의 옳은 말
들으려고 아니 했네.

그리고는 두 눈깔
뚝 부릅뜨고
그 굳은 이'발
떡 벌리고
찌르륵소리
높닿게 치며
오징어를 물려고
달려들었네.

그러나 오징어는
어제와 달라
겁먹고 달아 날
그는 이미 아니였네.

무섭게 달려드는
검복에게로
오징어도 맞받아
달려들며
입을 쩍 벌리면서
먹물 토했네.
시꺼먼 먹물을
쩍쩍 토했네.

검복은 먹물 속에
눈 못 뜨고
숨 못 쉬고
갈팡질팡 야단났네,
이 통에 오징어는
검복의 등을 타고
옆구리를 푹 찔러
갈비뼈 하나 빼내였네.

그런데 바로 이때
검복의 질러대는
죽어가는 소리 듣고
우루루 달려 왔네—
농어가 달려 왔네,
도미가 달려 왔네.

그것들은 달려 와
검복과 한편되여
오징어께 대들었네,

오징어는 할 수 없이
달아 나고 말았네.
빼앗긴 뼈 중에서
하나만을 겨우 찾고
분한 마음 참으며
할 수 없이 돌아 왔네.

잘 싸우고 돌아 온
오징어를 찾아 와서
장대는 말하였네—
«우리들이
도와 줄게
빼앗긴 뼈
다 찾으라.»

그러자 그 뒤 이어
칼치 달째 찾아 와서
오징어께 말하였네—
우리들이
도와 줄게
빼앗긴 뼈
다 찾으라.»

그러자 오징어는
마음먹었네—
못 다 찾은 제 뼈를
다 찾고야 말려고.
굳게굳게 이렇게
마음먹은 오징어,
검복과 싸우려고
먹물 물고 다닌다네.

검복과 한편되여
검복을 도와 주는

검복과 같은 원수—
농어와 도미와도
오징어는 싸우려고
먹물 물고 다녔다네.

뼈 없던 오징어께
뼈 하나가 생긴 것은
바로 그 때 일.

그러나 뼈앗긴 뼈
아직까지 다 못 찾아
오징어는 외뼈라네

한'결 곱던 검복이
얼룩덜룩해진 것은
바로 그 때 일

오징어가 토한 먹물
그 몸에 온통 묻어
씻어도 씻어도 얼룩덜룩.

개구리네 한솥 밥

옛날 어느 곳에
개구리 하나 살았네,
가난하나 마음 착한
개구리 하나 살았네

하루는 이 개구리
쌀 한 말을 얻어 오려
벌 건너 형을 찾아
길을 나섰네.

개구리 덥적덥적
길을 가노라니
길'가 보'도랑에
우는 소리 들렸네.

개구리 냉큼 뛰여

도랑으로 가 보니
소시랑게 한 마리
엉엉 우네.

소시랑게 우는 것이
가엾기도 가엾어
개구리는 뿌구국
물어 보았네—
《소시랑게야
너 왜 우니?》

소시랑게 울다 말고
대답하였네
《발을 다쳐
아파서 운다.》

개구리는 바쁜 길
잊어버리고
소시랑게 다친 발
고쳐 주었네.

개구리 또 덥적덥적
길을 가노라니
길 아래 논'두렁에
우는 소리 들렸네.

개구리 뚱쿵 뛰여

논'두렁에 가 보니
방아'다리 한 마리
엉엉 우네.

방아'다리 우는 것이
가엾기도 가엾어
개구리는 뿌구국
물어 보았네—
《방아'다리야
너 왜 우니?》

방아'다리 울다 말고
대답하는 말
《길을 잃고
갈 곳 몰라 운다.》

개구리는 바쁜 길
잊어버리고
길 잃은 방아'다리
길 가리켜 주었네.

개구리 또 덥적덥적
길을 가노라니
길 복판 땅구멍에
우는 소리 들렸네.

개구리 넝큼 뛰여
땅구멍에 가 보니

소똥굴이 한 마리
엉엉 우네.

소똥굴이 우는 것이
가엾기도 가엾어
개구리는 뿌구국
물어 보았네
《소똥굴이야
너 왜 우니?》

소똥굴이 울다 말고
대답하는 말
《구멍에 빠져
못 나와 운다.》

개구리는 바쁜 길
잊어버리고
구멍에 빠진 소똥굴이
끌어 내 줬네.

개구리 또 엽적엽적
길을 가노라니
길' 섶 풀숲에서
우는 소리 들렸네.

개구리 넝큼 뛰여
풀숲으로 가 보니

하늘소 한 마리
엉엉 우네.

하늘소 우는 것이
가엾기도 가엾어
개구리는 뿌구국
물어 보았네—
《하늘소야,
너 왜 우니?》

하늘소 울다 말고
대답하는 말
《풀'대에 걸려
가지 못해 운다.》

개구리는 바쁜 길
잊어버리고
풀에 걸린 하늘소
놓아 주었네.

개구리 또 텀적텀적
길을 가노라니
길 아래 웅덩이에
우는 소리 들렸네.

개구리 넝큼 뛰여
물웅덩이 가 보니

개똥벌레 한 마리
엉엉 우네.

개똥벌레 우는 것이
가엾기도 가엾어
개구리 뿌구국
물어 보았네—
《개똥벌레야
너 왜 우니?》

개똥벌레 울다 말고
대답하는 말—
《물에 빠져
나오지 못해 운다.》

개구리는 바쁜 길
잊어버리고
물에 빠진 개똥벌레
건져 주었네.

발 다친 소시랑게
고쳐 주고,
길 잃은 방아'다리
길 가리켜 주고,
구멍에 빠진 소똥굴이
끌어 내 주고,
풀에 걸린 하늘소

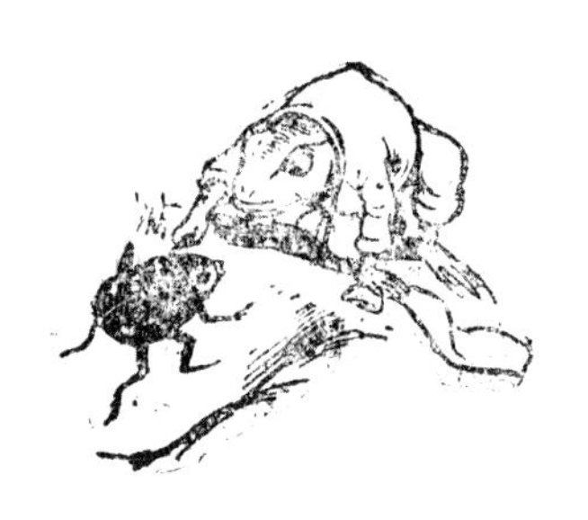

놓아 주고,
물에 빠진 개똥벌레
건져 내 주고…

착한 일 하노라고
길이 늦은 개구리,
형네 집에 왔을 때는
날이 저물고,
쌀 대신에 벼 한 말
얻어서 지고
형네 집을 나왔을 땐
저문 날이 어두워,
어둔 길에 무겁게
짐을 진 개구리,
디퍽디퍽 걷다가는
앞으로 쓰러지고
디퍽디퍽 걷다가는
뒤로 넘어졌네.

밤은 깊고 길은 멀고

눈앞은 캄캄하여
개구리 할 수 없이
길'가에 주저앉아
어찌할가 이리저리
걱정하였네.

그러자 웬일인가,
개똥벌레 윙하니
날아 오더니
가쁜 숨 허덕허덕
말 물었네—
《개구리야, 개구리야
무슨 걱정 하니?》

개구리 이 말에
뿌구국 대답했네—
《어두운 길 갈 수 없어
걱정한다.》

그랬더니 개똥벌레
등'불 밝고 앞장 서,
어둡던 길 밝아졌네.

어둡던 길 밝아져
개구리 가기 좋으나
등에 진 짐 무거워
똥은 닳고

다리 멀었네.

개구리 할 수 없이
길'가에 주저앉아
어찌할가 이리저리
걱정하였네.

그러자 웬일인가
하눌소 젱하니
달아 오더니
가쁜 숨 허덕허덕
말 물었네—
«개구리야, 개구리야
무슨 걱정 하니?»

개구리 이 말에
무구룩 대답했네
«무거운 짐 지고 못 가
걱정 한다.»

그랬더니 하눌소
무거운 짐 받아 지고
개구리 뒤따랐네.

무겁던 짐 벗어 놓아
개구리 가기 좋오니,
집 부뚜막에 소똥 쌓여

넘자면 굴어 나고
돌자면 길 없었네.

개구리 할 수 없이
길'가에 주저앉아
어찌할가 이리저리
걱정하였네.

그러자 웬일인가
소똥굴이 휭하니
굴어 오더니
가쁜 숨 허떡허떡
말 물었네—
«개구리야, 개구리야
무슨 걱정 하니?»

개구리 이 말에
뿌구국 대답했네—
«소똥 쌓여 못 가고
걱정한다.»

그랬더니 소똥굴이
소똥 더미 다 굴리여,
막혔던 길 열리였네.

막혔던 길 열리여
개구리 잘도 왔으나,

얻어 온 벼 한 말을
방아 없이 어찌 찧나?
방아 없이 어찌 쓿나?
개구리 할 수 없이
마당'가에 주저앉아
어찌할가 이리저리
걱정하였네.

그러자 웬일인가
방아'다리 껑충
뛰여 오더니
가쁜 숨 허덕허덕
말 물었네—
《개구리야, 개구리야
무슨 걱정 하니?》

개구리 이 말에
뿌구국 대답했네—
《방아 없어 벼 못 찧고
걱정한다.》

그랬더니 방아'다리
이 다리 쩌궁 저 다리 쩌궁
벼 한 말을 다 찧었네.

방아 없이 쌀을 찧어
개구리는 기뻤으나

불을 땔 장작 없어
쌀은 잘을 어찌하나,
무엇으로 밥을 짓나!

개구리 할 수 없이
문턱에 주저앉아
어쩔할가 이리저리
걱정하였네.

그러자 웬일인가
소시랑게 비로록
기여 오더니
가쁜 숨 허덕허덕
말 물었네—
《개구리야, 개구리야
무슨 걱정 하니?》

개구리 이 말에
뿌구국 대답했네—
《장작 없어 밥 못 짓고
걱정한다.》

그랬더니 소시랑게
풀룩풀룩 거품 지어
흰 밥 한솥 잦히였네.

장작 없이 밥을 지은
개구리는 좋아라고
뜰악에 멍석 깔고
모두를 앉혔었네.

물을 받아 준
개똥벌레,
짐을 져다 준
하눌소,
길을 치워 준
소똥굴이,
방아 찧어 준
방아'다리,
밥을 지어 준
소시랑게,
모두모두 둘러 앉아
한솥 밥을 먹었네.

귀머거리 너구리

어느 산속에
귀머거리 너구리가
살고 있었네.

어느날 밤
마을 가까운
강냉이밭에
곰도, 메'돼지도,
귀머거리 너구리도,
다 함께 내려와
강냉이를 따 먹었네.

그러자 밭'임자 령감
두—두— 소리쳤네.

그 소리 듣고
메'돼지가 먼저 달아 났네

그 뒤로 곰이 달아 났네,
그러나 귀머거리 너구리
그 소리 들리지 않아
꿈쩍도 아니 하고
뚝하고 한 이삭
뚝하고 두 이삭
강냉이만 따 먹었네,
그러면서 하는 말
《달아 나긴 왜들 달아나?》

메'돼지와 곰은
달아 나며 생각했네—
너구리는 저희들보다
겁 없고 용감하다고.

이리하여
귀밝은 도적놈들
귀먹은 도적놈을
우러러보았네.

어느날 밤
마을 가까운
모밀밭에
오소리도 노루도
귀머거리 너구리도
다 함께 내려와
모밀을 훑어 먹었네.

그러자 발' 입자마 개놈이
컹—컹— 짖어댔네.

그 소리 듣고
오소리가 먼저 달아 났네
그뒤로 노루가 달아 났네,
그러나 귀머거리 너구리
그 소리 들리지 않아
꿈쩍도 아니 하고
쩝쩝하고 한 입
쩝쩝하고 두 입
모밀만 훑어 먹었네,
그러면서 하는 말
«놀아 나긴 왜들 달아나?»

오소리와 노루는
달아 나며 생각했네—
너구리는 저희들보다
겁 없고 용감하다고.

이리하여
귀밝은 도적놈들

귀먹은 도적놈을
우러러 보았네

어느날 밤
마을 끝에 놓인
그 뒤집 닭의 홰에
여우도 삵이도
귀머거리 너구리도
다 함께 내려와
닭을 채려 하였네

그러자 안'방 마나님
탕! 하고 방문 열었네.

그 소리 듣고
여우가 먼저 달아 났네
그 뒤로 삵이가 달아 났네.
그러나 귀머거리 너구리
그 소리 들리지 않아
꿈적도 아니 하고
이리 쿡쿡
저리 쿡쿡
닭 냄새만 맡았네.
그러면서 하는 말
«넘아 너신 왜들 달아나?»

여우와 삵이는

달아 나며 생각했네—
너구리는 자희들보다
겁 없고 용감하다고.

이리하여
귀밝은 도적놈들
귀먹은 도적놈을
우러러보았네.

이리하여
귀먹은 도적놈은
귀밝은 도적놈들 속에서
겁 없고 용감한
첫째가는 도적놈 되였네.

그런데 한번은
산 우에 사는 짐승—도적들
산 아래 마을 사람네
낟알을 빼앗으려
개 도야지를 잡아 먹으려
마을로 쳐 내려와
산'짐승들과 마을 사람들
서로 어울려 싸우게 됐네.

이 때 산'짐승들
하나 같이 말하였네—
겁 없고 용감한 너구리

대장으로 삼자고.

그리하여
귀머거리 너구리는
곰, 여우,
메'돼지, 오소리,
삵이, 노루…
뭇짐승들의 대장되여
장하개도 앞장서서
싸우려 나갔네.

그런데 정말로는
겁 많은 너구리,
귀를 먹은 탓에
무서운 소리 못 듣고,
소리를 곳 들은 탓에
용감하게 보이던 너구리,

바로 그 눈앞에
몽둥이 든 사람들
개들을 앞세우고
오는 것 보자,
그만이야 맨 먼저
질겁을 하며
네 발이 떠서 도망쳤네.

귀머거리 겁쟁인 줄

꿈에도 모르고
더구미를 매장 심고
싸우러 나왔던
산짐승들 이 때에야
깨닫고 헌했네—
«귀머거리 겁쟁이
더구미를 매장 심은
우리들이 얼마나
어리석은가!»

귀먹은 도적놈을
어리석게 매장 심고
싸우러 나왔던
귀밝은 도적놈들
어리하여 싸움에서
지고 말았네.

산'골총각

어느 산'골에
늙은 어미와
총각 아들 하나
가난하게 살았네.

집뒤 높은 산에
명속도 깊이
고래 같은 기와집에
백년 묵은 오소리가
살고 있었네.

가난한 사람네
쌀을 뺏앗고
집 없는 사람네
옷을 뺏앗아
오소리는 잘 먹고 잘 입고

잘 살아 갔네.

하루는 아들 총각
밭으로 일 나가며
뜰악에 널은 오조 멍석
늙은 어미 보라 했네

«어머니, 어머니,
오조 멍석 잘 보서요,
뒤'산 오소리가
내려 올지 몰라요.»

그러자 얼마 안 가
아니나 다를가
뒤'산 오소리
앙금앙금 내려 왔네.

오소리는 대'바람에
조 멍석에 오더니
이 귀 차고
저 귀 차고
멍석을 두루루 말아
냉큼 들어
등에 지고
가려고 했네.

조 멍석을 지키던

늙은 그 어미
죽을 애울 다 써
소리지르며
오소리를 붙들고
먹씨름했네.

그러나 아뿔싸
늙은 어미 힘 없어
오소리의 뒤'발에
채워서 쓰러졌네.

오소리는 좋아라고
오조 멍석 휘딱 지고
뒤'산 제 집으로
재촉재촉 돌아 갔네.

해 저물어
일 끝내고
아들 총각 돌아 왔네.
오조 멍석
간곳 없고
늙은 어미
쓰러졌네.

오소리의 한 것인 줄
아들 총각 알아 채고
근로고 분한 마음

섬길로 달려 갔네,
오소리네 집을 찾아
뒤'산으로 달려 갔네.

아롱 총각 문밖에서
듣는 줄도 모르고
오소리는 집안에서
가물거려 하는 말—

«오조 한 섬
져 왔으니
저것으로
무엇 할가?
밥을 질가
떡을 칠가
죽을 쑬가
범벅할가,

에라 궁금한데
떡이나 치자!»

오소리는 오조 한 말
푹푹 퍼여 지더니만
사랑 앞 독연자로
재촉재촉 나가누나

이 때 바로 아롱 총각

오소리께 달려들어
넘기려도 힘껏 걸어
모으로 메쳐냈네.

그러나 오소리는
넘어질듯 일어나
뒤'발로 걷어 차서
아롱 총각 쓰러졌네.

겨우겨우 제 집으로
돌아 온 아롱 총각

채인 곳도 날이 지나
거의 다 아물으자
산 넘어 동쪽 마을
늙은 소를 찾아 가서
오소리를 이기는 법
물어 보았네

그랬더니 늙은 소가
대답하는 말—
《바른 배지개 들어
바로 메쳐라.》

아롱 총각 좋아라고
그길로 달려 갔네,
오소리네 집이 있는

뒤'산으로 달려 갔네.

아들 총각 문밖에서
듣는 줄도 모르고
오소리는 집안에서
가들거려 하는 말—

«기장 한 섬
져 왔으니
저것으로
무엇 할가?
밥을 질가
떡을 칠가
죽을 쑬가
노치 지질가,

에라 입맛 없는데,
죽이나 쑤자!»

오소리는 기장 한 말
푹푹 되여 지더니만
사랑 앞 독연자로
재촉재촉 나가누나.

이 때 바로 아들 총각
오소리께 달려들어
마른 배지개 들어

마로 메쳤네.

그러나 오소리는
넘어질듯 일어나
대가리로 받아넘겨
아들 총각 쓰러졌네.

겨우겨우 제 집으로
돌아 온 아들 총각

받긴 것도 날이 지나
거의 다 아물으자
산 넘어 서쪽 마을
장수바위 찾아 가서
오소리를 이기는 법
물어 보았네.

그랬더니 장수바위
대답하는 말—
《왼 배지개 들어
외로 메쳐라.》

아들 총각 좋아라고
그길로 달려 갔네,
오소리네 집이 있는
뒤'산으로 달려 갔네.

아들 총각 문밖에서
듣는 줄도 모르고
오소리는 집안에서
가들거며 하는 말—

《찰벼 한 섬
쳐 왔으니
저것으로
무엇 할가?
밥을 질가
떡을 칠가
죽을 쑬가
진병 지질가

에라 시장한데
밥이나 짓자!》

오소리는 찰벼 한 말
쭉쭉 되어 지더니만
사랑 앞 독연자로
제축제축 나가누나.

이 때 바로 아들 총각
오소리께 달려들어
왼 대지개 들어
이로 메쳤네.

그러나 오소리는
넘어질듯 일어나
이'발로 물고 닥채
아들 총각 쓰러졌네

겨우겨우 제 집으로
돌아 온 아들 총각

물린 것도 날이 지나
거의 다 아물으자
산 넘어 남쪽 마을
늙은 령감 찾아 가서
오소리를 이기는 법
물어 보았네,

그랬더니 늙은 령감
대답하는 말—
《통 매지게 물어
거꾸로 메쳐라》

아롱 총각 좋아하고
그길로 달려 갔네
오소리네 집이 있는
뒤'산으로 달려 갔네

아롱 총각 문밖에서
듣는 줄도 모르고
오소리 집안에서
가들거려 하는 말—

《수수 한 섬
져 왔으니
저것으로
무엇할가?
밥을 질가
떡을 칠가
죽을 쑬가
지짐 지질가,

애라 배도 부른데
지짐이나 지지자!》

오소리는 수수 한 말
푹푹 되여 지더니만
사랑 앞 두엄자로
재촉재촉 나가누나.

이 때 바로 아들 총각
오소리께 달려들어
통 배지개 들어
거꾸로 메쳤네.

그러자 오소리는
쿵하고 곤두박혀
네 다리 쭉 펴며
때뚜룩 죽고 말았네

가난한 사람네
쌀을 빼앗고
힘 없는 사람네
옷을 빼앗아
땅속에 고래 같은
기와집 짓고,
잘 입고 잘 먹던
백년 묵은 오소리,
이렇게 하여
죽고 말았네.

그러자 아들 총각
이 산'골 저 산'골에
멀리멀리 소문 났네—
백년 묵은 오소리
둘러 메쳐 죽였으니
쌀 빼앗긴 사람

쌀 찾아 가고,
옷 빼앗긴 사람
옷 찾아 가라고.

그리고 망속 깊이
고래 같은 기와집은
명 우로 헐어내다
여러 채 집을 짓고
집 없는 사람들께
들어 살게 하였네.

이리하여 어느 산'골
가난한 총각 하나,
오소리 성화 받던
이 산'골, 저 산'골을
평안히 마음 놓고
갈들 살게 하였네.

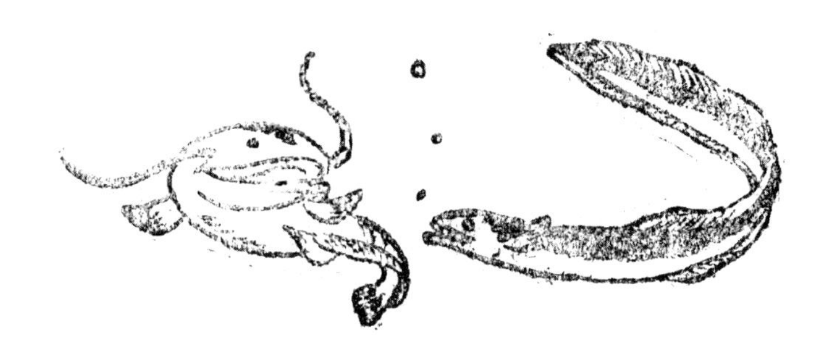

어리석은 메기

어느 산'골
조그만 강에
메기 한 마리
살고 있었네.

넙적한 대가리
왁살스럽고
뚝 뻗친 수염
위엄이 있어,
모래지, 버들치,
잔고기들이
그 앞에선 슬슬
구멍만 찾았네.

산'골에 흐르는
조그만 강이
메기에게는
숲시넘스럽고,
산'골 강에 사는
잔고기들이
메기에게는
신차지 않았네.

이런 메기는
그 언제나
용이 돼서 하늘로
오르고만 싶었네.

하루는 이 메기
꿈을 꾸었네—

조그만 강을
자꾸만 내려가
큰 강 되고,
크나큰 강을
자꾸만 내려가
넓은 바다 되더니,
넓은 바다
설레는 물속에서
푸른 섬, 붉은 섬

입에 물고
하늘로 풍풍
높이 올랐네.

그러자 꿈을 깬
메기의 생각엔—
이것은 분명
룡이 될 꿈.

메기는 너무도
기쁘고 기뻐
그길로 강물을
내려 갔네.

옆도 뒤도
돌볼 짬 없이
급히도 급히도
헤염쳐 갔네.

옆에서 침게가
어디 가나 물으면
메기는 눈 거들떠
보지도 않고
《룡이 되려 가네》
대답하였네.

곁에서 뱀장어가
어디 가나 물으면
메기는 눈 돌이켜
보지도 않고
《룡이 되려 가네》
대답하였네.

작은 강을
자꾸만 내려가
큰 강 되고,
큰 강을
자꾸만 내려가
넓은 바다 나설 때
늙은 숭어 한 마리
메기 앞을 막으며
어디로 가느냐
말 물었네.

메기는 장한듯
대답하는 말—
《룡이 되려 가네》

늙은 숭어 웃으며
다시 하는 말—
《이렇듯 늙은 나도
못 되는 룡,

꿈은 메기 네가
어떻게 꾼담!»

이 말 듣자 메기는
꿈'이야기 하였네—
그 좋은 꿈'이야기
늘어 놓았네.

그러자 늙은 붕어
껄껄 웃어 하는 말—
«그것은 다름 아닌
낚시에 걸릴 꿈.»

이 말에 메기는
가슴이 철렁,
그러자 얼른
눈 돌려 보니
실 같이 가느단
빨간 지렁이
웬일일가 제 옆으로
흘러 가누나.

작은 강, 큰 강
헤엄쳐 내리며
배도 출출히
고픈 김이라

용도 꿈도 낚시도
다 잊은 메기
지렁이도 낚시'줄도
덥석 물었네.

꿈에 물은 붉은 실
붉은 지렁이,
꿈에 물은 푸른 실
푸른 낚시'줄,
꿈에 둥둥 하늘로
오른 그대로
낚시'줄에 둥둥 달려
메기 올랐네.

어리석고 헛된
꿈을 먹어
용이 되려 바다로
내려 왔다가
낚시에 걸려
죽게 된 메기
눈에 암암
자꾸만 보이는 것은
산'골에 흐르는
조그만 강,
그 강에 사는
작은 고기들—

산'골에 흐르는
조그만 강,
그 강에 사는
작은 고기들—
이것들이 차마
잊히지 않아
메기는 자꾸만
몸부림쳤네
낚시를 벗어 나려
푸덕거렸네.

가재미와 넙치

옛'날도 옛'날
바다'나라에
사납고 심술궂은
임금 하나 살았네.

하루는 이 임금
가재미를 불렀네,
가재미를 불러서
이런 말 했네—
«가재미야 가재미야,
하루'동안에
은어 3백 마리
잡아 바쳐라.»

이 말 듣은 가재미

이 이 없었네.
은어 3백 마리
어떻게 잡나!

하루 낮, 하루 밤이
다 지나가자
임금은 가재미를
다시 불렀네—
«은어 3백 마리
어찌 되였나?»

이 말에 가재미
능청맞게 말했네
«은어들을 잡으러
달려 갔더니
그것들 미리 알고
다 달아 났습디다.

이 말 듣자 임금은
불 같이 성이 나
가재미의 뒤뺨을
후벼 갈겼네.

임금의 주먹바람
어떻게나 셌던지
가재미의 왼눈 날아
바른쪽에 가 붙었네.

가재미는 얼빠진듯
물밑 깊이 달아나
모래 파고 들어 박혀
숨어버렸네.

사납고 심술궂은
바다'나라 임금은
이리저리 가재미를
찾고 찾으나
가재미는 꼭꼭 숨어
보이지 않았네.

다음날 임금은
넙치를 불렀네,
넙치를 불러서
이런 말 했네
«넙치야, 넙치야,
하루 동안에
장치 3백 마리
잡아 바쳐라.»

이 말 들은 넙치
어이없었네,
장치 3백 마리
어떻게 잡나!

하루 낮 하루 밤이

다 지나가자
임금은 넙치를
다시 불렀네
«장치 3백 마리
어찌 되였나?»

이 말에 넙치는
능청맞게 말했네
«장치들을 잡으러
달려 갔더니
그것들 미리 알고
다 달아 났습니다.»

이 말 듣자 임금은
독 같이 성이 나
넙치의 바른 뺨을
후려 갈겼네.

임금의 주먹바람
어떻게나 셌던지
넙치의 바른 눈 날아
왼쪽에 가 붙었네.

넙치는 얼빠진듯
물밑 깊이 달아나
모래 파고 들어 박혀
숨어버렸네.

사납고 심술궂은
바다'나라 임금은
이리저리 넙치를
찾고 찾으나
넙치는 꼭꼭 숨어
보이지 않았네.

가재미도 넙치도
이때로부터
물밑 모래판을
떠나지 않네.

이제는 바다'나라
복된 나라,
사납고 심술궂은
임금도 없네.

그러나 옛일이
그대로 무서워
가재미와 넙치는
떠나지 않네,
물밑 모래판을
떠나지 않네.

나무 동무 일곱 동무

어느 깊은 산'골짝
빽빽한 나무판에
나무 동무 일곱 동무
사이 좋게 살아 갔네.

이깔나무, 잣나무,
봇나무, 참나무,
박달, 분비 그리고 보섭—
어린 나무 동무들
즐거이 살아 갔네.

나무 동무 일곱 동무
마음도 같아,
자라고 자라서
늙어 쓰러져
그대로 썩어지긴

차마 싫었네.

저희들이 태여난
이 나라에서
저희들의 힘 대로
저희들의 원 대로
나라 위해 일하려
마음먹었네.

바람 따사한 봄철날에
단풍'잎 고운 가을날에
나무 동무 일곱 동무
모여 앉아서
서로들 오손도손
이야기했네—
《커서는 우리들
무엇이 될가?
커서는 우리들
무슨 일 할가?》

이럴때면
잣나무는 말하였네—
《나는 커서
우리 아버지처럼
크나큰 집 문짝 되려네.》

보섭나무는 말하였네—

《나는 커서
우리 할아버지처럼
탄광의 동발될테야.》

이깔나무는 말하였네
《나는 커서
우리 맏아버지처럼
높다란 전선'대 될걸.》

분비나무는 말하였네
《나는 커서
우리 형들처럼
고기'배의 배판장 된다누.》

봇나무는 말하였네
《나는 커서
우리 아저씨처럼
희고 미끄러운 종이 되겠네.》

박달나무는 말하였네
《나는 커서
우리 외삼촌처럼
밭갈이 연장 되고파.》

참나무는 말하였네
《나는 커서
우리 작은아버지처럼

철도의 괴목 될게야.▶

나무 동무 일곱 동무
밤마다 꿈꾸었네—
　괴목이 되는 꿈
　전선'대가 되는 꿈
　배판장이 되는 꿈
　연장이 되는 꿈
　동발이 되는 꿈
　종이가 되는 꿈
　문짝이 되는 꿈.

이렇게 즐겁게도
꿈꾸며 자라는
나무 동무 일곱 동무
겁들도 없어
곰이 와도 무섭지 않았네
범이 와도 무섭지 않았네
또 캄캄 어두운 밤도
무섭지 않았네.

이렇게 즐겁게도
꿈꾸며 자라는
나무 동무 일곱 동무
튼튼들도 해,
비'바람에도 끄떡 없이
눈보라에도 끄떡 없이

또 찌는듯 더운 삼복에도
끄떡 없이 자라 갔네.

굴베 송충이, 굼벵이,
섶누에, 돛벌레
진두에 자벌레며 그리고 좀들—
나쁜 벌레들이
그들의 몸뚱이에
붙기라도 하면,

그럴때면
어린 나무 일곱 나무
이런 말들 하였네—
«섶누에야 먹지 말아
나는 커서 동발될 몸.»
«자벌레야 쏠지 말아
나는 커서 괴목될 몸.»
«진두야 끄리지 말아
나는 커서 종이 될 몸.»
«돛벌레야 파지 말아
나는 커서 배판장 될 몸.»
«좀아 집지 말아
나는 커서 연장 될 몸.»
«송충이야 끽지 말아
나는 커서 문짝 될 몸.»
«굼벵이야, 우이지 말아
나는 커서 전선'대 될 몸.»

이렇게 그들은
키 크고 몸도 나,
하늘이 낮다고
다 자라갈 때,

그것은 늦가을
어느 아침 날,
세상 소식 잘 아는
건넌산 늙은 까치,
푸루룩 날아와
소식 전했네—

«나무 동무 일곱 동무
너희들은 아느냐—
원쑤들이 우리 나라
쳐 들어 온 걸?»

이 말 들은 나무 동무
일곱 동무,
그들의 마음
꿋꿋들도 해
이렇게 서로들
같은 말했네—

«우리도 원쑤들과 싸워야 한다,
원쑤들이 산 우로 올라 오면
산에서 우리 싸워대자.
그놈들이 오는 때엔

오는 길을 막고,
그놈들이 가는 때엔
가는 길을 막자.

그리고 나라에서
우리를 불러
싸움터로 나와 싸우라 하면
그 때엔 우리 얼른
싸움터로 나가자—
참호의 서까래가 되여도 좋고
다리의 기둥이 되여도 좋다.»

늙은 까치 전하던
그 말은 맞아,
나무 동무 사는
골짜기 우로
원쑤놈의 비행기
날아 다니고
원쑤놈의 폭격 소리
울려 왔네.

그러던 어느 하루
눈은 많이 쌓이고
바람도 센 밤,
나무 동무 일곱 동무네
깊은 골짜기
그리로 무엇은 들어 왔네,

사람인가 하면
사람 아니고
짐승인가 하면
짐승 아닌 것들,
기진맥진하여
들어 왔네.

나무 동무 일곱 동무
보면 아는
그런 사람들이 아니였고
나무 동무 일곱 동무
들으면 아는
그런 말들이 아니였네.

눈보라치는
깊은 골짜기
추위와 어둠 속에
갈팡질팡,
나갈 길 찾아
헤매돌다가
쓰러지며 신음하는
몸뚱이 셋.

나무 동무 일곱 동무
이 때 알았네—
그것들이 다름 아닌
원쑤들인 줄.

나무 동무 일곱 동무
정신 퍼뜩 들며
원쑤에 대한 미움과 분함
그 마음들 깊이서 치솟았네

이 때에 나무 동무
일곱 동무
잎새 와슬렁 가지 우수수
가지가지 신호로
온 산에 알렸네
원쑤놈들 한 놈도
놓치지 말자고.

눈보라 날치는
무서운 밤
길 넘는 눈을
헤쳐 가며
원쑤놈들 길을 뚫고
나가려고 애쓸 때

나무 동무 한 동무
이깔나무는

짐부러진 가지들에
지붕처럼 덮인 눈
내려 쏟아 원쑤들께
눈벼락 내렸네.

나무 동무 한 동무
봇나무는

미끄러운 등결에
원쑤놈들 기대자
날쌔게 몸을 빼쳐
놈들을 곤두박았네.

나무 동무 한 동무
보섭나무는

그 커다란 마른 잎새
설렁설렁 떨어
산속 유격대에게
원쑤놈들 알려 주었네.

나무 동무 한 동무
분비나무는

억센 다리 떡 벌리고
골짜기의 목을 지켜
원쑤놈들 빠져 나갈
길을 막았네.

나무 동무 한 동무
잣나무는

크나큰 그 키를
어둠 속에 늘여
볼수록 우뚝 더욱 커져서
원쑤들을 무서워 떨게 했네.

나무 동무 한 동무
참나무는

비탈에 가만히 숨어 서서
단단한 가지들을 힘껏 벌려
골짜기를 빠지려는 원쑤들의
목덜미를 잡아 채꼈네.

나무 동무 한 동무
박달나무는

세찬 바람에 소리 높이
회초리를 자꾸만 휘둘러서
밑으로 달려드는 원쑤들을

사정 없이 후려 갈겼네.

나무 동무 일곱 동무
모두다 용감히
있는 힘 다 내여
원쑤들과 싸웠네,
온 골짜기 나무들의
앞장을 서서
있는 힘 다 내여
원쑤들과 싸웠네.

그 뒤로 한해 지난
어느 여름 날
세상 소식 잘 아는
건넌산 늙은 까치
또다시 날아와
소식 전했네—

《나무 동무
일곱 동무
너희들은 아느냐?
우리 나라 쳐왔던
흉악한 원쑤들
싸움에 지고
달아 났단다!》

이 말 들은 나무 동무

일곱 동무
모두들 춤추며
기뻐하였네.
기뻐하며 다 같이
생각하였네—
«나라에서 이제 우릴
부를지 몰라.
불타고 무너진 것
다시 세울 때,
전에 없던 것들을
새로 만들 때,
우리네 나무들은
없지 못할 것.
나라에서 우리를
부르는 때면
그때엔 몸과 마음
바쳐 나가자!»

나무 동무 일곱 동무
이 생각 할 때
하루는 나라에서
사람 왔네,

그는 나무들을
부르러 온 사람,
나라에 몸 바칠 나무
부르러 온 사람,

나무들을 모아 놓고
그는 말했네—
«원쑤들과 싸우고 난
나라에서는
나와서 일할 나무
기다리오,
전선'대가 될 나무,
배판장이 될 나무,
동발 괴목이 될 나무,
문짝 연장이 될 나무,
그리고 종이가 될 나무를
간절히 기다리오.»

이 말 들은 나무 동무,
나무 동무 일곱 동무
저마끔 먼저 나와
제 소원들 말했네
저마끔 앞 다투어
제 먹은 뜻 말했네

이리하여 나무 동무,
나무 동무 일곱 동무
나라에서 나오라는
기다리던 부름 받아
나서 자란 산을 떠나 갔네—
강물을 헤엄쳐 내려 갔네,
기차를 타고 달려 갔네

화물 자동차에 실려 갔네.

그리하여 잣나무는
평양 거리 한복판
크나큰 극장의 문짝되여
자랑스런 얼굴을 번쩍이며
수많은 사람을
들여 보내네, 내여 보내네.

그리하여 보섭나무는
소문난 안주 탄광
수백 자 명밑에서
든든한 동발되여
무거운 탄돌기를
그 어깨로 떠받치네.

그리하여 이깔나무는
삭주—구성 큰 길'가에
우뚝 높은 전선'대 되여
열두 전선을 늘여 쥐고
거리거리로, 마을마을로
전기를 보내네, 불을 보내네.

그리하여 분비나무는
넓고 넓은 서해 바다
중선배의 배판장되여

농어, 민어, 조기, 달째
가지가지 고기 생선
그 팔로 실어 나르네.

그리하여 참나무는
평양—안동 본선 철도
레루의 괴목되여
객차, 화차, 급행차, 완행차,
그리고 특별 렬차, 국제 렬차도
거침없이 들어 보내네.

그리하여 박달나무는
평양 농기계 공장 들어 가
말쑥하게 다듬키워 보섭채 되여
느림줄 멋지게 허리에 달고
연안'벌 넓은 벌에 해가 맞도록
제나라 살찐 땅을 갈아 엎네.

그리하여 봇나무는
길주 제지 공장 찾아 가서
약물로 미역 감고 호늑호늑 녹아
팔프가 되였다가 종이가 되여
그림과 옛말을 듣고 나오네
산수 문제를 듣고 나오네.

이리하여 어느 산'골

나무 동무 일곱 동무
언제나 꿈꾸며 바라던 대로
나라 위해 몸과 마음 바쳐 일하네.

말똥굴이

이 세상 어느 곳에
새 한 마리 산다네.
재주 없고 게으른
새 한 마리 산다네.

새맨가 하면
새매 아니고
독수린가 한면
독수리 아닌,
날째지도 억세지도 못한
새 한 마리 산다네.

갈밭 우를 빙빙
떠돌다가는
똥비탈에 풀썩
내려 앉고,
똥비탈에 우두머니
깃을 다듬단
이 논'배미 저 논'배미
넘고 넘네.

나는 새를

잡으려 하니
날쌔지 못해 못 잡고
기는 짐승을
잡으려 하나
게을러서 못 잡고,

하늘에 떠서는
메추리 생각만,
땅에 앉아선
들쥐 생각만.

아침 가고
낮이 오고,
낮 가고
저녁이 와,
재주 있고 부지런한
뭇새들이
배부르고 즐거워
노래부르며
보금자리 찾아서
돌아들 올제,

이 세상 어느 곳
새 한 마리,
재주 없고 게으른
새 한 마리는
날아 가고 날아 오다
눈에 띄우는
말똥덩이 바라고
내려 앉네,
메추리로 여겨서
내려 앉네,
들쥐로 여겨서
내려 앉네.

재주 없고 게으른
새 한 마리
말똥덩이 타고 앉아
쿡쿡 쪼으며
멋없이 성이 나

중얼대는 말—
《털이나 드문드문
났으면 좋지,
꾀나 쭐쭐
끌으면 좋지!》

이 때에 지나가던
풋새들이
이 꼴이 우스워
내려다 보며
서로 지껄여
우여주는 말—
《재주 없고 게을러
말똥만 쫓는
네 이름 다름 아닌
말똥굴이.》

배'군과 새 세 마리

어느 때 어느 곳에
배'군 하나 살았네,
하루는 난바다에
고기잡이 나갔더니
센 바람에 못 견디고
큰 물'결에 노를 앗겨
바람 따라 물'결 따라
밤낮 없이 떠돌았네.

배고프고 목마르고
비 맞아 몸은 얼고
가없은 이 배'군은
거의거의 죽어 갔네.

그러자 난데 없는
새 세 마리 날아 왔네,

한 새는 고물 밀고
한 새는 이물 끌고
또 한 새는 배'전 밀어
어느 한 섬 다달았네.

섬에 오른 이 배'군
목숨 건져 고마우나
앉아 걱정 서서 걱정
자꾸만 걱정했네.

그러자 새 한 마리
배'군 보고 물었네—
«배'군 아저씨
배'군 아저씨
무슨 걱정 그리 해요?»

이 말 들은 배'군이
대답하는 말
«돛대 없어 걱정이다
노가 없어 걱정이다.»

이 때에 새 한 마리
얼른 하는 말
«그런 걱정 아예 마오
돛대 삿대 내 만들제.»

이 때부터 톱새는

하루 종일 톱질했네,
삐꿍삐꿍 톱질했네,
돛대'감 노'감을
자르노라고.

돛대 없어 노'대 없어
걱정하던 이 배'군
돛대 얻어 노'대 얻어
걱정도 없으련만
그러나 웬일인지
자나 깨나 걱정이네.

그러자 새 한 마리
배'군 보고 물었네.
«배'군 아저씨
배'군 아저씨
무슨 걱정 그리 해요?»

이 말 들은 배'군이
대답하는 말
«들물 몰라 걱정이다
썰물 몰라 걱정이다.»

이 때에 새 한 마리
얼른 하는 말
«그런 걱정 아예 마오
들물 썰물 내 알릴게.»

이 때부터 또요새는
물때마다 웨치댔네
또요 또요 웨쳐댔네,
밀물이 또 미는 걸
알리노라고.

들물 몰라 썰물 몰라
걱정하던 이 배'군
들물 알아 썰물 알아
걱정도 없으련만
그러나 웬일인지
자나 깨나 걱정이네.

그러자 새 한 마리
배'군 보고 물었네
«배'군 아저씨,
배'군 아저씨
무슨 걱정 그리 해요?»

이 말 들은 배'군이
대답하는 말
«무채 없어 걱정이다
외채 없어 걱정이다.»

이 때에 새 한 마리
얼른 하는 말
«그런 걱정 아예 마오

무채 외채 내 썰을게.》

이때부터 쑥쑥새는
저녁이면 채 썰었네
쑥쑥 쑥쑥 채 썰었네,
무나물 외나물을
무치노라고.

그러자 이 배'군은
걱정 근심 하나 없이
들물 따라 썰물 따라
그물질을 나갔다네,
토요새가 알리는
소리 듣고.

그러자 이 배'군은
걱정 근심 하나 없이
돛을 달고 노를 저어
먼 바다에 배질했네,
톱새가 잘라 놓은
돛대와 노로.

그러자 이 배'군은
걱정 근심 하나 없이
무채나물 외채나물
저녁 찬도 맛있었네,
쑥쑥새가 썰어 무친
채나물로.

준치가시

준치는 옛날엔
가시 없던 고기.
준치는 가시가
부러웠네,
언제나 언제나
가시가 부러웠네.

준치는 어느날
생각다 못해
고기들이 모인 데로
찾아 갔네,
큰 고기, 작은 고기,
푸른 고기, 붉은 고기.
고기들이 모인 데로
찾아 갔네.

고기들을 찾아 가
준치는 말했네
가시를 하나씩만
꽂아 달라고.

고기들은 준치를
반겨 맞으며
준치가 달라는
가시 주었네,
저마끔 가시들을
꽂아 주었네.

큰 고기는 큰 가시
잔 고기는 잔 가시,
등'가시도 배'가시도
꽂아 주었네.

가시 없던 준치는
가시가 많아져
기쁜 마음 못 이겨
떠나려 했네.

그러나 고기들의
아름다운 마음!
가시 없던 준치에게
가시를 더 주려
간다는 준치를
못 간다 했네.

그러나 준치는
렴치 있는 고기,
더 준다는 가시를
마다고 하고,
붙잡는 고기들을
뿌리치며
온 길을 되돌아
달아 났네.

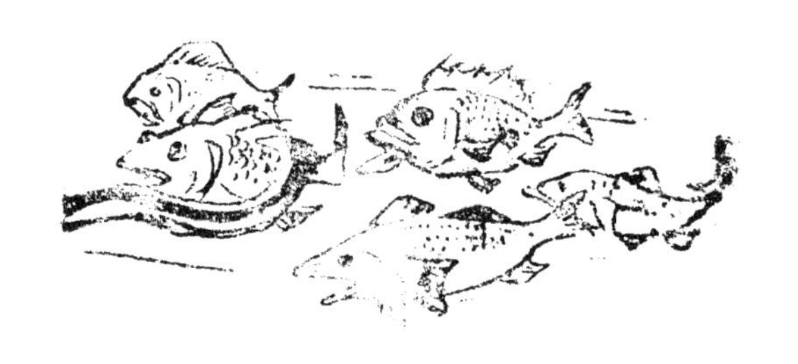

그러나 고기들의
아름다운 마음!
가시 없던 준치에게
가시를 더 주며
달아 나는 준치의
꼬리를 따르며
그 꼬리에 자꾸만
가시를 꽂았네,
그 꼬리에 자꾸만
가시를 꽂았네.

이 때부터 준치는
가시 많은 고기,
꼬리에 더우기
가시 많은 고기.

준치를 먹을 때엔
나물지 말자,
가시가 많다고
나물지 말자.
크고 작은 고기들의
아름다운 마음인
준치 가시를
나물지 말자.

집게네 네 형제

저 자 백 석
발행인 박 혁
발행소 조선 작가 동맹 출판사
인쇄소 로동 신문 출판 인쇄소
1957년 4월 25일 10,000부 발행

값 40원 ㄱ—60425

白石 詩集 사슴

目次

얼럭소새끼의영각

돌덜구의물

노루

국수당넘어

얼럭소새끼의영각

가즈랑집

승냥이가새끼를치는 전에는쇠메듥도적이났다는
가즈랑고개

가즈랑집은 고개밑의
山넘어마을서 도야지를 잃는밤 즘생을쫓는
깽제미소리가 무서웁게 들려오는집
닭개즘생을 못놓는

멧도야지와 이웃사촌을지나는집

예순이넘은 아들없는가즈랑집할머니는 중같이
정해서 할머니가 마을을가면 긴담배대에
독하다는막써레기를 멧대라도 붗이라고하며

간밤엔 섬돌아레 승냥이가왔었다는이야기
이느메山곬에선간 곰이 아이를본다는이야기

나는 돌나물김치에 백설기를먹으며
녯말의구신집에있는듯이

가즈랑집할머니
내가날때 죽은누이도날때
무명필에 이름을써서 백지달어서 구신간시렁
의 당즈깨에넣어 대감님께 수영을들였다는
가즈랑집할머니

언제나병을앓을때면
신장님달련이라고하는 가즈랑집할머니
구신의딸이라고생각하면 슳버졌다

토끼도살이올은다는때 아르대즘퍼리에서
제비꼬리 마타리 쇠조지 가지취 고비 고

사리 두릅순 회순 山나물을하는 가즈랑집
할머니를딸으며

나는벌서 달디단물구지우림 둥굴네우림을
생각하고

아직멀은 도토리묵 도토리범벅까지도 그리워
한다

뒤우란 살구나무아레서 광살구를찾다가
살구벼락을맞고 울다가웃는나를보고
미꾸멍에 털이멫자나났나보자고한것은 가즈랑
집할머니다

찰복숭아를먹다가 씨를삼키고는 죽는것만같어
하로종일 놀지도못하고 밥도안먹은것도

가즈랑집에 마을을가서
당세먹은강아지같이 좋아라고집오래를 설레다
가였다

여우난곬族

명절날나는 엄매아배따라 우리집개는 나를따라
진할머니 진할아버지가있는 큰집으로가면

얼굴에별자국이솜솜난 말수와같이눈도껌벅걸이는 하로에베한필을짠다는 벌하나건너집엔

복숭아나무가많은 新里고무 고무의딸李女

작은李女

열여섯에 四十이넘은홀아비의 후처가된 포족

족하니 성이잘나는 살빛이매감탕같은 입술

과 젓꼭지는더깜안 예수쟁이마을가까이사는

土山고무 고무의딸承女 아들承동이

六十里라고해서 파랗게뵈이는山을넘어있다는

해변에서 과부가된 코끝이빩안 언제나힌옷

이정하든 말끝에설게 눈물을짤때가많은 큰

곬고무 고무의딸洪女 아들洪동이 작은洪동이

배나무접을잘하는 주정을하면 토방돌을뽑는 오리치를잘놓는 먼섬에 반디젓닮으려가기를좋아하는삼춘 삼춘엄매 사춘누이 사춘동생들

이그득히들 할머니할아버지가있는 안간에들뫃여서 방안에서는 새옷의내음새가나고

또 인절미 송구떡 콩가루차떡의내음새도나고끼때의두부와 콩나물과 뽂운잔디와고사리와

도야지비게는모두 선득선득하니 찬것들이다

저녁술을놓은아이들은 외양간섶 발마당에달린
배나무동산에서
쥐잡이를하고 숨굴막질을하고 꼬리잡이를
하고 가마타고시집가는노름 말타고장가가는
노름을하고 이렇개 밤이어둡도록 북적하니
논다

밤이깊어가는집안엔 엄매는엄매들끼리 아르간

에서들웃고 이야기하고 아이들은 아이들끼
리 옹간한방을잡고 조아질하고 쌈방이굴리
고 바리깨돌림하고 호박떼기하고 제비손이
구손이하고 이렇게화디의사기방등에 심지를
몇번이나독구고 홍게닭이몇번이나울어서 조
름이오면 아릇목싸움 자리싸움을하며 히드
득거리다 잠이든다 그래서는 문창에 텅납
새의그림자가치는아츰 시누이동세들이 욱적
하니 홍성거리는 부엌으론 샛문틈으로 장

지문흠으로 무이징게국을끄리는 맛있는내음

새가 올라오도록잔다

고방

낡은질동이에는 갈줄모르는늙은집난이같이
송구떡이오래도록 남어있었다

오지항아리에는 삼춘이밥보다좋아하는 찹쌀탁
주가있어서
삼춘의임내를내어가며 나와사춘은 시큼털털한
술을 잘도채어먹었다

제사ㅅ날이면 귀먹어리할아버지가예서 왕밤을 밝고 싸리끄치에 두부산적을께였다

손자아이들이 파리떼같이몰이면 곰의발같은손을 언제나 내어둘렀다

구석의나무말쿠지에 할아버지가삼는 소신같은 집신이 둑둑이걸리어도있었다

넷말이사는컴컴한고방의쌀독뒤에서나는 저녁끼 때에불으는소리를 듣고도못듣은척하였다

모닥불

새끼오리도 헌신짝도 소똥도 갓신창도 개니빠디도 너울쪽도 집검불도 가락닢도 머리카락도 헌겁조각도 막대꼬치도 기와장도 닭의짗도 개털억도 타는 모닥불

재당도 초시도 門長늙은이도 더부살이아이도 새사위도 갖사둔도 나그네도 주인도 할아

버지도 손자도 붓장사도 땜쟁이도 큰개도 강아지도 모두 모닥불을쪼인다

모닥불은 어려서우리할아버지가 어미아비없는 서러운아이로 불상하니도 몽둥발이가된 슳븐력사가있다

古夜

아배는타관가서오지않고 山비탈외따른집에 엄
매와나와단둘이서 누가죽이는듯이 무서운밤
집뒤로는 어늬山골작이에서 소를잡어먹는노
나리군들이 도적놈들같이 쿵쿵걸이며다닌다

날기멍석을저간다는 닭보는할미를차굴린다는

땅아래 고래같은기와집에는언제나 니차떡에 청밀에 은금보화가그득하다는 외발가진조마구 뒷山어늬메도 조마구네나라가있어서 오줌누러깨는재밤 머리말의문살에대인유리창으로 조마구군병의 새깜안대가리 새깜안눈알이들여다보는때 나는이불속에자즐어붙어 숨도쉬지못한다

또이러한밤같은때 시집갈처녀망내고무가 고개

넘어큰집으로 치장감을가지고와서 엄매와둘이 소기름에쌍심지의불을밝히고 밤이들도록바느질을하는밤같은때 나는아룻목의살귀를들고 쇠든밤을내여 다람쥐처럼밝어먹고 은행여름을 인두불에구어도먹고 그러다는이불옿에서 광대넘이를뒤이고 또 눟어굴면서 엄매에게 옿목에둘은평풍의 샛빩안천두의이야기를듣기도하고 고무더러는 밝는날 멀리는못난다는뫼추라기를 잡어달라고졸으기도하고

내일같이명절날인밤은 부엌에 쩨듯하니 불이 밝고 솥뚜껑이놀으며 구수한내음새 곰국이 무르끓고 방안에서는 일가집할머니가와서 마을의소문을펴며 조개송편에 달송편에 죈두기송편에 떡을빚는곁에서 나는밤소 팟소 설탕든콩가루소를먹으며 설탕든콩가루소가가장맛있다고생각한다

나는얼마나 반죽을주물으며 흰가루손이되여

떡을빗고싶은지모른다

섯달에 내빌날이드러서 내빌날밤에눈이오면
이밤엔 쌔하얀할미귀신의눈귀신도 내빌눈을
받노라못난다는말을 든든히녁이며 엄매와나
는 앙궁옿에 떡돌옿에 곱새담옿에 함지에
버치며 대냥푼을놓고 치성이나듥이듯이 정
한마음으로 내빌눈약눈을받는다
이눈세기물을 내빌물이라고 제주병에 진상

항아리에 채워두고는 해를묵여가며 고뿔이
와도 배앓이를해도 갑피가를앓어도 먹을물
이다

二

오리 망아지 토끼

오리치를 놓으려아배는 논으로날여간지오래다
오리는 동비탈에 그림자를떨어트리며 날어가
고 나는 동말랭이에서 강아지처럼 아배를
불으며 울다가
시악이나서는 등뒤개울물에 아배의신짝과 버
선목과 대님오리를 모다던저벌인다

장날아츰에 앞행길로 엄지딸어지나가는망아지
를내라고 나는졸으면
아배는행길을향해서 크다란소리로
—매지야오나라
—매지야오나라

새하려가는아빠의지게에치워 나는山으로가며
토끼를잡으리라고생각한다
맞구멍난토끼굴을아빠와내가막어서면 언제나
토끼새끼는 내다리아래로달어났다
나는 서글퍼서 서글퍼서 울상을한다

돌덜구의 물

初冬日

흙담벽에 볕이따사하니
아이들은 물코를흘리며 무감자를먹었다

돌덜구에 天上水가 차게
복숭아낡에 시라리타래가 말러갔다

夏畓

짝새가 발뿌리에서날은 논드렁에서
아이들은개구리의뒤ㅅ다리를 구어먹었다

게구멍을쑤시다 물쿤하고 배암을잡은눞의
피같은물이끼에 해볓이 따그웠다

돌다리에앉어 날버들치를먹고 몸을말리는아이
들은 물총새가되었다

酒幕

호박닢에싸오는 붕어곰은 언제나맛있었다

부엌에는 빩앟게질들은 八모알상이 그상웋엔
샛파란 싸리를그린 눈알만한盞이뵈였다

아들아이는 범이라고 장고기를잘잡는 앞니가
뻐드러진 나와동갑이었다

울파주밖에는 장군들을따려와서 엄지의젖을빠
는 망아지도있었다

寂境

신살구를 잘도먹드니 눈오는아츰
나어린안해는 첫아들을낳었다

人家멀은山중에
까치는 배나무에서즞는다
컴컴한부엌에서는 늙은홀아버의시아부지가 미
　억국을끄린다
그마음의 외딸은집에서도 산국을끄린다

未明界

자즌닭이울어서 술국을끄리는듯한 鰍湯집의부
억은 뜨수할것갈이 불이뿌연히밝다

초롱이히근하니 물지게군이우물로가며
별사이에바라보는그믐달은 눈물이어리었다
행길에는 선장대여가는 장군들의종이燈에 나
귀눈이빛났다
어데서 서러웁게 木鐸을뚜드리는 집이있다

城外

어두어오는 城門밖의거리
도야지를몰고가는 사람이있다

엿방앞에 엿궤가없다

양철통을 쩔렁거리며 달구지는 거리끝에서

江原道로간다는길로든다

술집문창에 그느슥한그림자는 머리를없혔다

秋日山朝

아츰볓에 섭구슬이한가로히익는 곬작에서 꿩은울어 山울림과작난을한다

山마루를탄사람들은 새ㅅ군들인가

파 란한울에 떨어질것같이

웃음소리가 더러 山밑까지 들린다

巡禮중이 山을올라간다
어제ㅅ밤은 이山절에 齋가들었다

무리돌이굴어날이는건 중의발굼치에선가

曠原

흙꽃니는 일은봄의 무연한벌을
輕便鐵道가 노새의맘을먹고지나간다
멀리 바다가뵈이는

假停車場도없는 벌판에서
車는머물고
젊은새악시들이날인다

힌 밤

녯城의돌담에 달이올랐다
묵은초가집웅에 박이
또하나달같이 하이얗게빛난다
언젠가마을에서 수절과부하나가 목을매여죽은
밤도 이러한밤이었다

노

루

青柿

별많은밤
하누바람이불어서
푸른감이떨어진다 개가즞는다

山 비

山뽕닢에 비ㅅ방울이친다
멧비들기가닌다
나무등걸에서 자벌기가 고개를들었다 멧비들
기켠을본다

쓸쓸한 길

거적장사하나 山뒤ㅅ녚비탈을올은다
아—딸으는사람도없시 쓸쓸한 쓸쓸한길이다
山가마귀만 울며날고
도적개ㄴ가 개하나 어정어정따러간다
이스라치전이드나 머루전이드나
수리취 땅버들의 하이얀복이 서러웁다
뚜물같이흐린날 東風이설렌다

柘榴

南方土 풀안돌은양지귀가본이다
해ㅅ비맞은저녁의 노을먹고싶다

太古에나서
仙人圖가꿈이다
高山淨土에山藥캐다오다

달빛은異鄕
눈은 징기속에 어우러진싸움

머루밤

불을끈방안에 횃대의하이얀옷이 멀리 추울것
같이
개方位로 말방울소리가들려온다
門을여ᇍ다 머루빛밤한울에
송이버슷의내음새가났다

女僧

女僧은 合掌하고 절을했다
가지취의 내음새가났다
쓸쓸한낯이 녯날같이 늙었다
나는 佛經처럼 설어워졌다

平安道의 어늬 山깊은 금덤판
나는 파리한女人에게서 옥수수를샀다

女人은 나어린딸아이를따리며 가을밤같이차게
울었다

섭벌같이 나아간지아비 기다려 十年이갔다
지아비는 돌아오지않고
어린딸은 도라지꽃이좋아 돌무덤으로갔다

山꿩도 설게울은 슳븐날이있었다
山절의마당귀에 女人의머리오리가 눈물방울과
같이 떨어진날이있었다

修羅

거미새끼하나 방바닥에 날인것을 나는아모생
각없시 문밖으로 쓸어벌인다
차디찬밤이다

어니젠가 새끼거미쓸려나간곧에 큰거미가왔다

나는 가슴이짜릿한다
나는 또 큰거미를쓸어 문밖으로 벌이며
찬밖이라도 새끼있는데로가라고하며 설어워한
다

이렇게해서 아린가슴이 싹기도전이다
어데서 좁쌀알만한 알에서 가제깨인듯한 발
이 채 서지도못한 무척적은 새끼거미가
이번엔 큰거미없서진곧으로와서 아물걸인다
나는 가슴이 메이는듯하다
내손에 올으기라도하라고 나는손을내어미나

분명히 울고불고할 이작은것은 나를 무서우이 달이나별이며 나를서렵게한다

나는 이작은것을 끟이 보드러운종이에받어

또 문밖으로별이며

이것의엄마와 누나나 형이 가까이이것의걱정을하며있다가 쉬이 맞나기나했으면 좋으렸만하고 슳버한다

비

아카시아들이 언제 흰두레방석을깔었나
어데서 물쿤 개비린내가온다

노루

山곬에서는 집터를츠고 달궤를닦고
보름달아레서 노루고기를먹었다

국수당넘어

절간의소이야기

병이들면 풀밭으로가서 풀을뜯는소는 人間보
다靈해서 열거름안에 제병을낳게할 藥이있
는줄을앎다고

首陽山의어늬오래된절에서 七十이넘은로장은이
런이야기를하며 치마자락의 山나물을추었다

統營

녯날엔 統制使가있었다는 낡은港口의처녀들에
겐 녯날이가지않은 千姬라는이름이많다

미역오리같이말라서 굴껍지처럼말없시 사랑하
다죽는다는

이千姬의하나를 나는어늬오랜客主집의 생선가
시가있는 마루방에서맞났다

저문六月의 바다가에선조개도울을저녁 소라방
등이븕으레한마당에 김냄새나는비가날였다

오금덩이라는곧

어스름저녁 국수당돌각담의 수무나무가지에 녀귀의탱을걸고 나물매 갖후어놓고 비난수를하는 젊은새악시들

—잘먹고가라 서리서리물러가라 네소원풀었으니 다시침노말아라

벌개눞역에서 바리깨를뚜드리는 쇠ㅅ소리가나면

누가눈을앓어서 부중이나서 찰거마리를 불으

는것이다

마을에서는 피성한눈슭에 절인팔다리에 거마

리를 붗인다

여우가 우는밤이면

잠없는 노친네들은일어나 팟을깔이며 방요를

한다

여우가 주둥이를향하고 우는집에서는 다음날

으레히 흉사가있다는것은 얼마나 무서운말

인가

柿崎의바다

저녁밥때 비가들어서
바다엔배와사람ㅣ 홍성하다

참대창에 바다보다푸른고기가께우며 섬돌에곱

조개가붙는집의 복도에서는 배창에 고기떨
어지는 소리가들렸다
이즉하니 물기에 누긋이젖은 왕구새자리에서
저녁상을받은 가슴앓는사람은 참치회를먹지
못하고 눈물겨웠다
어득한 기슭의행길에 얼굴이했슥한처녀가
새벽달같이
아 아즈내인데 病人은 미역냄새나는멋문을단
고 버러지같이 눟었다

定州城

山턱원두막은뷔였나 불빛이외롭다
헌깁심지에 아즈까리기름의 쪼는소리가들리는
듯하다

잠자려조을든 문허진城터
반디불이난다 파란魂들같다
어데서말있는듯이 크다란山새한마리 어두운 곬작이로난다

헐리다남은城門이
한울빛같이훤하다
날이밝으면 또 메기수염의늙은이가 청배를팔려올것이다

彰義門外

무이발에 흰나뷔나는집 밤나무 머루넝쿨속에
　키질하는소리만이들린다
우물가에서 까치가작고즞거니하면

붉은숫닭이높이 샛덤이울로올랐다
텃밭가在來種의林檎낡에는 이제도콩알만한푸른
알이달렸고 히스무레한꽃도 하나둘퓌여있다
돌담기슭에 오지항아리독이빛난다

旌門村

주홍칠이 낡은旌門이 하나 마을어구에 있었다

「孝子盧迪之之旌門」—몬지가 겹겹이 앉은 木刻의額에

나는 열살이넘도록 갈지字둘을웃었다

아카시아꽃의 향기가가득하니 꿀벌들이많이날
　어드는 아츰

구신은없고 부헝이가 담벽을며쫗고 죽었다

기왓골에 배암이푸르스름히빛난달밤이있었다

아이들은 쪽재피같이 먼길을돌았다

旌門집가난이는 열다섯에
늙은말군한테 시집을갔겠다

박을삼는집
할아버지와손자가올은집웅옿에 한울빛이진초록
이다
우물의물이 쓸것만같다

마을에서는 삼굿을하는날

건넌마을서사람이 물에빠저죽었다는소문이왔다

노란싸리닢이한불깔린토방에 햇츩방석을깔고
나는호박떡을 맛있게도먹었다

어치라는山새는벌배먹어곻읍다는곬에서 돌배먹고앓븐배를 아이들은 띨배먹고나었다고하였다

三防

갈부던같은 藥水터의山거리엔
나무그릇과 다래나무짚팽이가많다

山넘어十五里서 나무뒝치차고 싸리신신고 山비에촉촉이젖어서 藥물을받으려오는 두멧아이들도있다

아레ㅅ마을에서는 애기무당이 작두를타며 굿을하는때가많다

昭和十一年一月十七日 印刷
昭和十一年一月二十日 發行

詩集 사슴

百部限定版
定價二圓

京城府通義洞七ノ六
著作兼發行者 白石

京城府壽松洞二六
印刷人 朴忠植

京城府壽松洞二六
印刷所 鮮光印刷株式會社